거기 그런 사람이 살았다고

송진권

시인의 말

슬픈 이야길 들으면 아직도 눈가가 젖어오곤 합니까
달개비꽃이나 개똥불이 생긴 내력을 들으면
지금도 눈자위 슬며시 누르며 밖에 나가곤 합니까
오박골 또랑 굴 속에 사는 가재들이
싹둑싹둑 오려놓은 달이랑
가릅재 날망에 한 푸대 쏟아놓은 별들이 생각납니까
물매암이 어지러워
소리개도 어지러워
빙글 돌기도 합니까
파피리 불다 매워 웁니까
도라지꽃 하양이나 보랏빛이 지금도 슬퍼 보입니까
큰물 진 강바닥의 돌이 밤새 우는 소리를 듣습니까
아주 잊겠다고 생각도 않겠다고 떠났으나

다시 돌아온 업業 같은 이 인력引力을 뭐라고 해야 하
나요
　흐르는 힘과 거슬러 오르려는 물의 힘이
　부딪히며 깨지며 포개지는 곳은 어디인가요
　어둑어둑한, 희미한, 어슴푸레한,
　뒤틀리고 흔들리며 사는 자욱한 삶들 앞에 꽃 하나씩
바치며
　나의 노이히 삼촌에게

　　　　　　　2018년 검은등뻐꾸기 울음소리 들으며
　　　　　　　　　　지프내에서 송진권

거기 그런 사람이 살았다고

차례

1부

소의 배 속에서　　　　　　　11

고양이 혼자　　　　　　　　13

아카시아 누나　　　　　　　15

어른들은 언제나 오실까　　　17

살구가 익는 동안　　　　　　19

송홧가루 묻은 풍경　　　　　20

느티나무슈퍼　　　　　　　22

물 가둔 논　　　　　　　　24

아궁이 들여다보기　　　　　26

동지冬至　　　　　　　　　28

박주가리 씨앗들이　　　　　30

들여다보니　　　　　　　　31

안테나　　　　　　　　　　32

2부

찬물구덩이의 물　　　　　　35

들깨밭 38

들깨밭 2 40

부들부들 41

일락서산 43

쌀 한 말 44

새들이 우는 속 46

외갓집 48

물뱀 50

가쟁이째 52

죽은 줄도 모르고 54

가죽나무가 많은 부락입니다 55

툭 58

뱀딸기 60

지극 63

3부

부추꽃 67

사랑 68

평생 69

백미러   71

아직도 그대는 내 사랑   73

챙이질하는 소릴 들어라   74

나싱개꽃   76

지복至福   78

우리 동네   79

용암사 마애불   81

까치밥   83

비 들어오신다   84

소 꿈   85

4부

어슴푸레한 데   89

고요하다   91

항아리 속 할머니   93

밤나무 숲   96

아주까리 등불   98

이상한 벌레   99

둠벙의 사랑   101

숨바꼭질   **102**

우엉의 시   **104**

복사꽃   **106**

잠자리의 잠자리   **107**

햇빛 구경   **108**

시래깃국   **109**

나 잘 있어   **110**

어른들이 돌아왔다   **111**

해설

들고 남에 관하여   **114**

   – 안서현(문학평론가)

1부

소의 배 속에서

소의 배 속에서 살았습니다
소는 드문드문 털이 빠졌고 눈에 허옇게 백태가 끼
었습니다

소의 배 속은 방이 네 개라
형이 주름진 방 하나를 차지하고
누나는 이쁜 벌집 모양 방을 차지하고
엄마 아부지는 나머지 방을 차지하고
나는 똥구멍 가까운 방을 차지하고 살았습니다

불을 넣으면 불길이 엄마 아부지 방과 형 누나의 방
을 지나
입과 똥구멍으로 허옇게 연기가 새어 나왔습니다
형이랑 누나는 소의 배 속은 너무 갑갑하고 심심하
다며
형은 소의 똥구멍을 따라 나가고
누나는 소의 되새김질을 따라 나갔습니다
소의 배 속에서 엄마 아부지와 살았습니다

어느 날인가

나는 나만큼 둥근 방에 엎드린 한 마리 송아지를
보았습니다.

송아지를 친구 삼아 살았습니다

송아지는 내 방까지 다리를 뻗으며 꼬리를 휘휘 둘
렀습니다

너무 비좁다고 했습니다

여기가 좁아진 게 아니라 네가 큰 거야

송아지를 따라 밖으로 나왔습니다

엄마 아부지는 소의 배 속에 두고 나왔습니다

고양이 혼자

이 집에 살던 사람들이
큰 것은 업고 작은 것은 걸리며
이고 지고 떠나간 뒤
고양이만 남았다

담장이 무너지고
문짝이 떨어져 나가고
지붕이 내려앉았지만
헛간에 고양이만 남았다

뒤안에 앵두꽃
마당에 자두꽃
수북수북 핀 봄
썩어 내린 헛간에
아직 고양이만 남았다

그때 엄마 등에 업혀 가며
고양이도 데려가야 한다고 울부짖던

못생긴 아이 하나
걸어 들어와 가만히 쭈그려 앉는다

고양이 혼자 내다본다

아카시아 누나

빨간 고무 다라이 가득 물 받아놓았다
희고 보동한 손 소매까지 걷어붙인 아카시아 누나
향기로운 아카시아 비누로 차례차례
솔이라든가 참이라든가 하는 동생들을 씻긴다
귀 뒤에 때 좀 보라고
까마귀가 아저씨 하겠다고 찰싹 등을 때린다
개구쟁이 막내 산초나무는 저기 덤불에 가 숨었다

들일 나간 엄마 아빠 오시기 전
저녁도 지어야지
낮 동안 빨아 널은 빨래도 개야지
이불도 시쳐야지
그래도 낯 한 번 찡그리지 않던 아카시아 누나
아카시아 누나는
산을 몇 개나 넘어서
시집을 갔다더라

15

울며 울며 갔다더라
흰 구름 기저귀 빨아 널 때마다
두고 온 집 그리워 운다더라
뻐꾸기 울음으로 운다더라
동생들 엄마 아빠 그리워 운다더라

어른들은 언제나 오실까

달이 뜬 낮과 해가 뜬 밤이
여러 날 여러 해 흘러가버렸고
우리에서 뛰쳐나온 마소가 집 안을 다 헤집어놓고
안방까지 차지해버렸고
수탉이 암탉이 되고
흰 천이 검어졌으며
열 개 스무 개 백 개 천 개의 해가 떠서 지글거리고
큰물과 큰불이 번갈아 나서
쑥대밭이 되었고
이제 세상엔 우리만 남았고
아빠는 어디로 가고
엄마도 아빠를 찾아 어디로 가고
나는 우는 동생을 다독여 재우는데
열 밤만 자면 엄마랑 아빠가 오실 거야
자장자장 울지 마
고양이 새끼는 죽었잖아
자장자장 우리 애기

이불을 덮어주고 토닥이며
자장가 불러주는데
어른들은 언제나 오실까
열 밤 스무 밤이 지나가고
셀 수 없이 많은 열 밤이 지나갔는데

살구가 익는 동안

낡은 유모차가 살구나무 아래 서 있구요
지팡이와 털신이 뜰팡에 기대어 있습니다
살구가 한 소쿠리 담겼구요
처마 아래 신문지와 골판지가 쌓였습니다

살구를 소쿠리에 담아 샘에서 씻은 유모차가
천천히 마당을 지나 툇마루에 앉습니다
깡마른 두 발이 문턱을 먼저 넘어오고
이어서 무릎걸음으로 퀭한 얼굴이 밖으로 나옵니다
좀 잡숴봐, 이래 봬두 달아

살구꽃이 피었다 지고 풋살구가 열리고
연두에서 노랑으로 익어가는 동안
낙상이 있었고
119구급차가 두어 번 다녀갔지만
그런대로 아직은 지낼 만합니다

송홧가루 묻은 풍경

꿀에 개어 다식판에 찍어내 송홧가루 묻힌
송화다식으로 뭉쳐지는 뻐꾸기 울음소리
송홧가루 앉은 평상
슬리퍼 신은 발 까불며
화투패 돌리는 늙은이들 중엔
물장수 퇴물로 슈퍼에 눌러앉은 충근이네도 있고
아들 낳겠다고 들였으나 딸만 내리 낳고 쫓겨난 희
순네도 있고
술주정꾼 서방을 피해 맨발로 도망 나온 창식이네
도 있고
해마다 사내가 바뀌던 서운이네도 앉았고
시집 식구들 등쌀에 머리가 어떻게 된 안말댁도 있
지요

하나하나 설운 사연이야
말하면 입 아프고
말 안 하면 속 터지지만
이월 매화와 삼월 벚꽃 펄펄 날리던 시절 지나
사월 난초와 오월 붓꽃의 시절도 지나서

시방은 송홧가루 난분분 날리는 시절

청단 홍단을 깨고
비약 풍약을 깨며
파투 난 화투 파투 난 인생을
착착 다시 손에 접어 치며
패를 돌리는 십 원짜리 민화투
다음 판엔 초단이라도 하겠다며
늙은이들 웃음소리도 송홧가루 묻어
뻐꾸기 울음소리에 뭉쳐들지요

느티나무슈퍼

느티나무슈퍼에 가면 안채에서 말매미만큼 늙은
할머니가 나와
달팽이자물쇠를 풀고 드르륵 미닫이문을 열지요
햇빛을 받은 유리병 속의 색색 사탕들이 말똥말똥
눈을 뜨고요
빨강 파랑 봉지 속의 과자들도 부스럭대며 일어나
지요
기다랗게 거미줄 늘여 타고 내려온 거미에게는 막
대사탕을
유리문 시끄럽게 두들기는 사슴벌레에게 알사탕을
들려 보내고
나는 담배를 하나 사지요
자기만 안 사줬다고 삐친 까치에겐 아이스크림을
사 주고
느티나무 아래 평상에 기다란 그늘이 드리울 때까
지
할머니랑 이야기하지요
느티나무가 이만큼 해묵을 때까지
이 동네에서 나고 자라 타지로 떠난 이들과

이 동네에서 나고 한 동네로 시집가 눌러사는 이들과
막걸리를 마시며 '겨'로 끝나는 할머니의 이야기를 듣
지요

물 가둔 논

싸리 꽃잎 날려
물 가둔 논에 점점 내리는 밤입니다
밥풀처럼 싸리꽃 둥둥 뜬 밤입니다
대가리며 입술이며 포르족족한 뺨이며에
꽃잎 묻은 개구리들 와글와글대는 밤입니다

무엇이든 가둔다는 것은 얽매고 속박하는 일이라
꺼려했지만
물 가둔 논 보니 알겠습니다
낮 동안 데워진 물이 미지근해져서
파르르르 꽃잎 흩은 물속에서
두 서너 놈이 서로 끌어안고
쫓아내고 쫓아가고
울음주머니 부풀리며
우리가 온밤 내 찾아 헤맨 곳이 여기였음을

그 열락의 정점에서 행위 끝낸 몸뚱이처럼 늘어져
머리카락 쓸어 올리며 맺힌 땀을 닦고
괜찮아 할 때의 그 쓸쓸하던 눈망울처럼

차르르 별들은 뿌려져
꼬리 치며 춤추며 저 어두운 속으로 헤엄쳐 가서
물 가둔 논에 맘껏 알을 슬어놓는 밤입니다
물꼬 터놓는 밤입니다

아궁이 들여다보기

아직 온기가 남은 아궁이 속에는
꺼지지 않은 불씨들이 초롱하니 눈을 뜨는 것이다
재를 헤치면 잘 익은 고구마나 감자가
데굴데굴 굴러 나오기도 하는 것이다
며느리 불 때기 좋으라고 가시 달린 나무는 빼고
맞춤한 크기로 나무를 잘라 들여주던 마음이 사는
것이다
고추장 종지 간장 종지 없는 밥상에다
고슬고슬하니 자르르 윤기 흐르는 밥을
사발에 꾹꾹 눌러 고봉으로 담아주던 마음이 사는
것이다
시어른들 어려워 상을 들이고
부엌 바닥 따뱅이 위에 바가지 엎어서
눌은밥을 먹던 이가 사는 것이다
물독 터지는 소한 추위에
송아지 춥지 말라고 아궁이 앞에 들여주던 마음들
이 사는 것이다
헌 이불 뜯어 덕석 만들어 입혀주던 사람들이 사는
것이다

등에 업은 어린것에게 아궁이를 헤집어
호호 불어가며 먹이던 고구마 같은
훈김 나는 마음들이 사는 것이다
편지기 구정물에 비치는 겨울 별자리처럼
어룽어룽 사는 것이다

동지冬至

　그러니까 시고 생활이고 간에 요렇게 고뿔들린 콧구멍 모냥 앞뒤 콱콱 막혀서 속 터지는 날은 이렇게 하렷다 크흠 큼큼 큰기침 몇 번 하고 가래를 돋워 카악 뱉어버리고 입가 쓰윽 소매에 문지르고 패앵 코도 풀어 쓱쓱 바람벽에 닦고는 콧굼기 발씸발씸 양볼이 쏙 들어가게 담배를 뻑뻑 피워 물고설랑 잡놈같이 쪼그려 앉아서 까마귀가 까치 떼에 쫓기는 눈발 치는 먼 논 너머 외딴집 뒤안 고욤나무 같은 거나 생각해보렷다 그 나무 흰 눈 맞으며 꾸덕꾸덕 마른 고욤 매단 가지 끝 듬성듬성 털도 빠지고 부리도 삭은 탑삭부리 까마귀가 극성맞은 까치 떼에 쫓기다 쫓기다 앉아 있는 거나 써보렷다 에 고것들 등쌀에 당최 살 수가 없네 날개 축 늘이고 하 여러 날 배를 곯은지라 주둥일 벌리고 마른 고욤 따 먹으며 숨을 돌리는 참에 치마 돌아가게 입고 머리 부스스한 여편네가 슬리퍼 끌고 나와설랑 후여 훠이 저것이 왜 남의 고욤낭구에 앉아서 숭하게스리 후여 저리 가거라 훠어이 훌쩍 날아오르는 서슬에 나뭇가지에 얹힌 눈도 툭툭 떨어지고 마

28

른 고욤 한 너덧 개 눈밭에 떨어지자 까마귀란 놈 목
빼고 울고 가는 것이나 써보렷다

박주가리 씨앗들이

솥 떼어 지게에 지고
옷 보따리 머리에 이고
지겟고리 주렁주렁 바가지 몇 개 달고

수수 빗자루는 삐죽
북어 눈깔은 퀭
큰 것은 동생 손 잡고
작은 것은 걸리고
즉은 것은 업고

소달구지에 살림 싣고
토끼도 싣고 닭도 싣고
후
숨을 몰아쉬며 가서

후우
옛말 하며 살 때가 오리니
옛얘기 하며 살 때가 오리니

들여다보니

외양간 들여다보니 송아지가 주무시고
아궁이 들여다보니 강아지 떼 오글오글 주무시고
돌 밑엔 쥐며느리 지네 달팽이 주무시고
두엄 속엔 굼벵이 말갛게 주무시고
사랑방 들여다보니 할아버지가 주무시고
밤 한 톨 오도독 깨물어 들여다보니
보얀 밤벌레 한 쌍 원앙금침에 주무시고
물속을 들여다보니
물뱀이며 이무기 떼 얼크러설크러져 주무시고
고추 속 들여다보니 고추벌레
들깨밭 들여다보니
엄지손가락만 한 깨벌레
꽃눈을 들여다보니
꽃망울과 열매와 잎사귀와 씨앗들이
뒤섞인 채 웅크려 옹기종기 주무시고
안방엔 어머니 아버지가 주무시고
달 속엔 우리 할머님이 주무시고
저승을 들여다보니
돌아가신 냥반들이 곤하게 주무시고

안테나

- 나와?
- 안 나와
- 이제는?
- 아직 안 나와
- 지금은?
- 소리만 나와
- 이제는?
- 희미해
- 그럼 이제는?
- 이젠 소리도 안 나와
- 그럼 이제는?
- 지직거리기만 해
- 지금은?
- 아니, 이젠 아예 안 나와
- 더 더 올라가 봐
- 이제는?
- 아직도?

2부

찬물구덩이의 물

오박골과 도롱골 큰골 사이 찬물구덩이는 있구나
세 물이 내려와 만나는 데 찬물구덩이는 있구나

찬물구덩이 찬물구뎅이 찬물샴 찬물샘
찬물웅덩이 찬물웅뎅이 찬물소

붉나무 붉은 잎 늘어진 데
무당개구리 뜬 물을 거슬러서 미나리 고마리 헤집고
머윗잎 디디며 올라가면 있구나
찬물구덩이

　오박골엔 우리 어머니 아버지 둘째와 셋째 큰아버지
큰어머니가 누웠고 더 올라가 가릅재에는 장가를 세 번
이나 가서 배다른 형제가 셋이나 되는 제일 큰아버지가
누웠고 젊어서 안 죽었으면 군수라도 했을 거라는 넷째
큰아버지는 옴팡골에 누웠는데 묏자리도 찾을 수 없고
조 씨 집에 시집가서 일점혈육 없이 일찍 죽은 고모는
오박골 건너편에 누웠고 성질이 불같던 할아버지는 성
미 뒤틀리면 도낏자루거나 지겟작대기를 들고 휘둘러

동네 사람들이 모두 멀찍하니 돌아 다녔다던가 할아
버지는 구탄리 쪽에 묻혔고 할아버지 성미 다 받아내
던 전주 이 씨 할머니는 할아버지 옆에 묻히셨고 나만
보면 불쌍타고 고구마 먹으라고 부르던 할아버지는
땅개비도 잡아 구워 주시고 두더지도 구워 주시고 자
글자글 기름 뚝뚝 듣는 두더지를 찢어 소금 찍어 주시
고 느 아부지는 세상 등신이고 느 어머이는 장 아파서
골골하니 불쌍해서 워짜야워려

　　주런이 누운 그이들이며 우리 어머니 아부지 묻힌
오박골 밭 감나무는 할아버지 발톱 돌에 짓찧어 시커
멓게 빠져가며 일군 비탈에 심으신 것이고 학교 끝나
면 찬물구뎅이 물 받아가지구 소 뜯기러 와라 하면 먹
감다가두 혼날성 싫어 막걸리통 부신 데다 물 뜨다가
굼실굼실 서린 능구리에 놀라 기겁을 하던 찬물구덩
이의 물은 겨울에는 따뜻하고 여름엔 시원하대서 더
러 물 받으러 오던 이들도 있던 것인데 우리 큰아버지
와 큰어머니들 우리 어머니와 아버지의 뼈 삭은 물에
우리 밭의 감나무 뿌리며 깨금나무 소나무 상수리나

36

무 뿌리를 다 쓸고 더러 도라지며 더덕의 뿌리를 지나기도 해서 약 기운도 있다던 것인데 내가 머윗잎 접어 물 떠 마시면 우리 할머니고 할아버지고 어머니 아버지 큰아버지 큰어머니들도 다 내 속에 살아나면서 뭔 지랄을 하느라구 해찰하다 인제사 오느냐고 하기도 하는 것이다

들깨밭

서방 복 없는 년이 자식 덕 보기를 바라랴, 비얌이
밭고랑 타 넘는 들깨밭, 훅훅 훈김 끼치는 밭고랑, 들
깻내 자욱한 밭둑을 괭이로 파면 더운 비, 쏟아지는
들깨꽃, 비료 푸대에 담긴 것이 부스럭대는 소리, 들깻
잎에 비 듣는 소리, 모든 산 것들의 소리, 소리가 새 나
가지 않게 아구리 꽁꽁 묶으며

안 된다 안 돼야, 내 눈에 흙 들어가기 전에는 그 꼴
못 봐, 지집 자석 있는 놈의 새끼를 낳아서 무슨 영화
를 보겠다구, 이날 이때껏 소식 한 자 없던 년이 집구
석이라구 제우 기어들어 와 몸을 풀다니, 안 된다, 나
죽기 전에는 그 꼴 못 본다, 산 것이 꿈틀대는 푸대 속,
훅훅 끼치는 피비린내, 천지신명님네 이 죄를 다 이년
이 받것습니다

쌀밥 같은 들깨꽃 소복한 밭고랑, 비얌처럼 기는 붉
덩물, 괭이를 집어던지고 진흙탕에 쭈그려 우는 큰어
미의 가랑이를 타고 쏟아져 내리는 붉덩물, 사방천지
자욱한 들깻내, 눈도 못 뜨게 들깻내, 통곡하는 모녀

뒤로 거무죽죽한 들깨밭이, 자욱한 들깻내가, 말도 못
하게 들깻내가

들깨밭 2

수분이 해복 구완할라구
먹하구 괴기 좀 샀어
동세나 하니께 이런 소리하지
우세스러워서
기여 그 지랄을 하구 나가더니
이 꼴 뵈일라구 몸써리야
아새끼라구 하나 내질렀는디
꼬라지두 뵈기 싫더니
그래두 핏줄이라구 자꾸 밟힌다야
핏덩이를 떼놓구 오는디 참말루
맨날 질질 짜는디
집구석에 있을라니 속이 뒤집혀서
너 죽구 나 죽자 해놓구 나왔는디
어짜던지 맘 독하게 먹구 살으야지
딸년은 에미 팔자 따라간다더니

40

부들부들[*]

아이고 이년 또 왔네…… 아이고 이 지긋시런
년…… 나두 인제 사람같이 좀 살아볼랬더니 이년이
이렇게 사람을 못 살게 하네 응…… 이년 치다꺼리하
다가 내 청춘이 팍 쪼그라들었어…… 나두 인제 이년
안 보고 사니 활인적덕하겄다 싶더니 이년이 또 이러
네…… 인제부터 나두 얼굴에 분 바르고 눈썹두 그리
고 잘 살아볼랬더니…… 그래두 이년이 뭐 아쉬운 게
남았다구 또 꾸역꾸역 기어 나와…… 아이구…… 내
가 못살아 아줌니 내가 이러는 거 아녀 날 봐…… 지
에미 시집 못 가게 할려구…… 아줌니 나 눈썹 좀 그
려줘봐…… 내 손모가지 잡아채는 것 좀 봐…… 누가
이쁘달깨미…… 평생 사람 애간장을 다 태우더니……
너 같은 년 뒈졌어도 나 아무렇지도 않다 아무치도
않아…… 너 뒈졌단 소리 듣구두 내가 먹던 밥 한 그
릇 다 꾸역꾸역 처먹고 간 년이여 응…… 그런 년이 뭐
가 아쉬워서…… 아이고 내가 미친년이여 미친년……
먹구살겄다구 그 어린 걸 혼자 집에다 떼놓구 장사라
구 나갔으니…… 그 불한당 거튼 놈이…… 요년……
저만 살겄다구 혼자 뒈진 년…… 지 에미 혼자 두구

그려…… 나두 인제 훨훨 살아볼란다…… 이년아 너
거튼 년 아주 싹 잊어버리고…… 그런데 왜 이렇게 내
손을…… 온몸이…… 아줌니…… 나 좀 어떻게……
손이 손을……

*수필가 안효숙 님의 「사람들은 왜 아픈가」 변용.

일락서산

호두 딴다고 호두나무 올랐다가 무른 살 중에서도 거기까지 옻이 오른 화야 누나가 말만 한 가시나가 낭구를 탄다는 게 뭔 집안 망해먹을 소리냐고 볼테기 쥐어뜯기고 훌쩍이며 아궁이에 가랑잎 북더기나 집어 넣다가 부뚜막까지 넘성대는 불꽃을 부지깽이로 누르고 있는 참에, 거기가 너무 가려워 견딜 수 없던 화야 누나는 치마 걷고 속옷까지 까 내리고 가랑이 활짝 펼친 채 불을 쬐었더란다 얼마나 마디마디 저릿저릿 시원하던가 오줌까지 잘금잘금 지렸더라는데 조왕신이 노하셨나 성주가 돌아앉았나 별안간 아궁이에서 불길이 솟구쳐 거기까지 데이고 엉금엉금 부엌 바닥을 기는 화야 누나를 본 할애비가 망조가 들어도 단단히 들었노라고 돼지도록 부지깽이로 누나를 잡도리하고 옻이 올라서 그런 건데 옻이 올라서 그런 건데 그런 건데 하며 마당에서 고샅 지나 동구 밖까지 어기적대며 도망가는 누나의 뒤로 부글부글 화가 치밀어 달려오는 할애비와 딸내미 죽인다고 할애비를 말리러 따라오는 할미 뒤를 따르는 덕구와 재 속에서 까뭇거리는 것들이 다 살아 나오는

쌀 한 말

내남적없이 다 배곯는 보릿고개에
어쩌자고 새끼는 그렇게 잘 들어서는지
쫑마리 낳고 산독이 올라 퉁퉁 부은 천덕꾸러기
수양 고모가
죽 한 사발 제대로 못 먹고 핏덩이에 빈 젖을 물리고
누워
이제나저제나 됫박 쌀이라도 얻어 올
주변머리 없는 고모부를 기다리고 있을 적에

꿈속인 듯 꿈속 아닌 듯
우리 엄마가 쌀 한 말을 이고 와
털썩
툇마루에 내려놓으며
암만 그래두 꼭 먹을 사람이 먹으야지
아무리 먹어두 배고프다고 아가리 벌리는 것들이야
이남박에 쌀 씻어 흰쌀밥에 미역국 끓여
고봉으로 한 상 잘 차려 들여놓더라는 이야기
입으로 들어가는지 코로 들어가는지도 모르게
환장을 하게 퍼먹고는 절절 울었다는 이야기

그때 언니가 준 쌀 한 말이 그리도 고맙더라는
죽어도 잊히지 않는다는
주방 아줌마로 미장이 데모도로 떠돌며
아들딸 다 여운 수양 고모가
엄마 심덕을 봐서라두 잘 살 거라고
눈물을 훔치며 그 은공을 어찌 다 갚을꼬
고모가 아니었으면 몰랐을
우리 엄마 살았을 적 쌀 한 말 준 이야기

새들이 우는 속

고명딸이라고 하나 있던 우리 고모 송정자는 열다섯에 조 씨 집에 시집가서 슬하 일점혈육 없이 죽어 조 씨 선산에 패랭이꽃으로 묻히셨고 젊디 젊어 죽은 것이 애통하고 절통해서 우리 할머니 전주 이씨는 식음을 전폐하고 몇 날 며칠 울고 지내셨고 우리 할아버진 눈도 꿈쩍 않으시고 부모 앞서 죽은 자석은 자석두 아니라며 마당이나 쓱쓱 쓸으셨고 그러다가 어찌어찌 이 동네에 흘러들어 온 부모 없는 자매를 거두었고 호적에도 못 오른 큰 것은 죽은 고모 자리에 대신 넣어 정자라 부르셨고 즉은 것은 따로 호적 만들어 딸로 올려주셨고 다섯이나 되는 아들이며 며늘네들이 머리 검은 짐승을 뭐하러 거두냐고 고개를 저어도 고집불통 할아버지는 끝끝내 짝 맞춰 시집도 보내주시고 먹고살게 돌봐주셨고 우리 수양고모 송정자는 아부지라고 언니라고 다른 형제들 괄시받으면서도 내가 어쩌다 가면 조카 왔느냐며 뭐라도 먹여 보내지 못해 안달하셨고 명절이나 생신 때면 없는 살림에도 달걀이라도 한 꾸러미 들고 오셨고 술 먹고 취하면 동네가 떠나가게 원제까지 내가 이렇게 살 줄 알구 사람을 괄시

하느냐며 고래고래 소리를 질러댔고 우리 아버지 형
제간들 다 모여 저것 또 지랄났네 하며 패앵 코 풀어
닦았고 우리 고모 송정자는 제풀에 겨워 아무 데나
쓰러져 새들이 우는 속을 알아보련다 새들이 우는 속
을 알아보련다 고래고래 노래를 불러댔고

외갓집

—백석 풍으로

외할머니가 돌아가셔서 엄마도 아부지도 성도 다 외갓집 가고 나만 혼자 쇠죽 끓여 주고 돼지 밥 주고 닭 보고 개밥 주라고 남겨진 집에 밤이 오면 마루 밑이며 처마 그늘 가죽나무 그림자며 아궁이 속 헛간 속이며 뒷간에까지 숨어 살던 귀신들이 스멀스멀 일어서서 기어 나와 툇마루를 삐걱이며 걸어 다니기도 하고 슬레이트 지붕골을 타고 무엇이 데굴데굴 구르기도 하며 횃대 위에서 잠든 닭의 똥구멍에 손을 넣어 속을 파먹기도 하며 살강 위에 엎어놓은 사기그릇을 떨어뜨려 박살을 내고는 쏜살같이 밖으로 내빼는 것이다 달아나다 풍덩 샘가에 물 받아놓은 펀지기에 빠지기도 하며 가죽나무 가지를 뚝뚝 분지르기도 하는 것이다 천장에선 밤새 무엇이 뛰어다니고 구르고 찍찍거리고 몸이 뱀같이 늘어나서 아무리 작은 구멍이라도 있으면 드나든다는 족제비가 토끼장에 들어가서 대가리만 남기고 토끼를 뜯어 먹기도 하고 놓아먹이는 우리 집 개가 쥐약을 먹고 들어와서 밤새 마당을 구르다가 낑낑대다 먹은 것을 다 게워내고 눈에 퍼런 불을 켜고 이빨을 드러낸 채 숨을 몰아쉬다가 혀를 빼물고 늘어져버리기도 하는 것이다 나는 이불을 들쓰고 사시나무 떨듯 하며 조그만 소리에도 놀라 오줌보가 탱탱히 부풀어도 밖엘 못 나가고 요강에 쪼그려 앉아 외할머니를 생각하는 것이다 할머니가 요강을 들고 나가 한 김 나간 오줌을 호박 넝쿨에 부어주던 걸 생각하는 것이다 아래채가 내려앉게 크던 호박을 생각하는 것이다 내가 다래끼가 났을 때 눈썹을 뽑아 삼거리 돌 밑에 눌러놓고 오라고 뱅이를 해주던 외할머니며 솜씨 좋던 외숙모의 호박 넣은 백설기며 헛간 기둥에 새끼줄 묶어 그네를 타다 아래채 내려앉으면 위짤라구랴 외숙에게 혼나고 울던 착하디 착하던 외사촌들을 생각하는 것이다 돼지가 뛰어서 내가 돼지에 물렸을 때 어쩔 줄 몰라 하며 지칭개 붙여 처매주던 나랑 동갑인 외사촌 꼬끼를 생각하는 것이다

물뱀

저무는 저수지 톰방톰방 별빛 떨어진 저수지

풍덩 달 떨어진 저수지엔 말풀 같은 머리카락 늘이고

물귀신들이 죽은 화야 누나며 또 몇몇 죽은 이들이며

달을 칭칭 감은 물뱀들과 함께 살고 있었습니다

앞뒤 산능선들도 제 또한 스르르 풀어지며 물속에 잠겨들고

물버드나무도 가뭇없이 머리카락 풀고 물에 드는 여자처럼 같이 살고 있었습니다

배를 감싼 광목천을 풀어 늘이고

죽은 아이를 낳은 여자들의 울음 속

물뱀은 엉겨 몰려다니며 또아리를 틀었을 것이지요마는

그 여자들이 한 발 두 발 물속으로 발을 내디딜 때

그 물뱀들이야 물결인 듯 꿈틀거리며

혀를 날름대며 여자들을 핥았을 것이지요만

그 여자들이 다들 그 달빛 일렁임 속을 걸어 또 다른

자궁 속으로 당도했을지 어땠을지
아님 깜깜 아무것도 없는 그런 데로 가서
마음껏 아이를 낳을지
그 물뱀들도 같이 따라가서 스칠지 어떨지

가쟁이째

혼곤한 꿈속으로
보리똥 달린 나뭇가지를 들고
한 사람이 걸어 들어왔지요

너 줄라고 식전에 가서 가쟁이째 꺾어 온 거여
두었다가 혼자만 먹어
니가 며칠 앓느라구 밥두 못 먹구 있대서
새벽 댓바람에 꺾어 온 거라니께

가쟁이째 꺾어 왔다는 거요
제 것은 하나도 안 남기고
송두리째 모두 내줄 것 같은 그 말의 가지마다
하나둘 새콤한 보리똥이 다닥다닥 맺혀
흔들리는 거 같지요

열매가 제일 많이 달린 가지나
기중 실하고 빛깔 고운 데를 뚝 분질러서
제 속의 가장 고갱이 같은 마음을
가쟁이째 꺾어다 건네준 그이처럼

나는 내 마음 가쟁이째 뚝 분질러 누구에게
건네줄 수 있을까요
아무도 모르는 첫새벽에 일어나
꺾어다 줄 수나 있을까요

죽은 줄도 모르고

자꾸 집 안에 그늘이 든다고
오동나무를 베어 어슷어슷 담에 기대두었다
베어낸 자리에 도끼날을 박아두고
상복이며 망건을 모아 밖에서 태웠다
지긋지긋하게 죽지도 않더니만
혀를 물고 죽어주마던 말이 귓가에 쟁쟁하다
음복을 하고 입가를 훔치며
망인이 누웠던 방을 열어 거풍을 시켰다
집터가 너무 세니
큰일 치르기 전에 집을 옮기라던 조막손이 말을 허
투루 들었다
집 안에 키우던 짐승들이 못 배기고 죽어 나가더니
그예 사달이 났다
녹슨 도끼날을 비집고 소담하게 연둣빛 싹이 돋았다
죽은 줄도 모르고
잘린 나무토막마다 푸르게 싹이 돋았다

가죽나무가 많은 부락입니다*

가죽나무가 많은 부락입니다
여기 처음 터 잡은 사람들이
주춧돌 놓고 기둥 세워 집을 지은 다음
담벼락이며 집터서리 뒤안에 가죽나무 한두 서너 그루
키웁니다
목멕이 송아지 기르듯 줄을 매어 빨래도 널게 될 즈음
가죽나무는 새끼를 쳐서 식구를 늘이고
그 식구들은 담을 넘어 이웃에 또 가죽나무를 낳아놓
습니다
담 너머 집에서도 애지중지 가죽나무에 공을 들여
쌀뜨물도 먹이곤 합니다

가죽나무가 많은 부락입니다
그 집 덕에 우리도 가죽나물 먹을 수 있것네
말소리가 호박넝쿨로 담을 넘고
가죽나물 넣은 장떡이 담을 넘어갈 즈음
가죽나무는 키를 늘여 휘영청 달 속에까지 닿습니다

가죽나무가 많은 부락입니다

집집이 가죽나무 두 서너 그루 키웁니다
기다란 장대에 낫을 달아 뚝뚝 가죽나무 순애기를
꺾습니다
어허 그러다 달도 따겄네
하는 소리가 와자하니 들립니다
가마솥에 물 끓여 달을 삶습니다
가죽 순 삶는 냄새가 마을을 감쌉니다

가죽나무가 많은 부락입니다
이 부락에 처음 가죽나무를 심은 이의 집에도
모든 가죽나무 어미의 집에도
모든 새끼 가죽나무에게도
새순이 돋습니다
여기서 나고 자란 딸들이 타처로 시집을 가서
입덧이 심해 아무것도 못 먹고 꼭 가죽나물이 먹고
싶다고 해서
물어물어 찾아온 사위들이 또 가죽나무를 캐다가
저희 부락에 심으니
거기도 가죽나무가 많은 부락이 됩니다

*김종삼의 「오동나무가 많은 부락입니다」에서 따옴.

툭

눈을 떴다 감았다
감았다가 다시 떴다
흰빛이 팽팽히 부풀어 오르고 있다
벽에 걸린 옷이며 거울이 장롱이
하나로 뭉뚱그려져 빙빙 돌아가고 있다
덮고 있던 이불이 칭칭 몸을 감고 혀를 날름댄다
방바닥은 절절 끓어오르고
매캐한 연기가 굼실굼실 몸을 풀며 기어들고 있다

문밖에 그림자가 하나 불을 들고 섰다
엄마라고 했다
엄마 목소리가 아니었다
손을 내밀어 보라고 했다
엄마 맞다고 엄마라고 엄마라고
어서 문 좀 열어보라고 들러붙던
그림자는 울며 돌아갔다
도대체 무슨 일인지
문구멍에 눈을 대고 밖을 내다보았다

문둥이 탈을 뒤집어쓴 이들이

　화톳불을 피우고 나무마다 그림자를 걸어놓고

　웅성웅성 마당에 그득했다

　더러 아는 사람이 있을 것도 같았으나

　하나도 얼굴을 알아볼 수가 없었다

　처마 네 귀에서 일어난 불이 날름대며 덥석덥석 사람들을 먹어치우고

　그림자를 먹어치우고 더 큰 그림자를 만들며 지붕 위로 기어올랐다

　뜨거워 더는 견딜 수가 없었다

　문이란 문은 떨어져 나가고

　사방 벽이 한꺼번에 무너져 내렸다

　흰빛이 가뭇없이 흩어지고

　도라지 냄새가 났다

　도라지 껍질을 벗기던 손이 내 이마를 짚었다

　눈을 감았다 떴다

　떴다가 다시 감았다

　툭

　도라지꽃 터지는 소리가 들렸다

뱀딸기

머위가 울타리를 비잉 돌아가며 선 집이었네
머윗잎 아래는 뱀딸기가 빨갛게 맺혔었네
비릿하고 들큼한 뱀딸기를 머윗잎에 따 담으며 그
집을 보았네

우산이끼 수채를 따라 돈은 마당 샘가에서
장골인 남자가 뱀 모가지를 잡고 있었네
치렁치렁 팔뚝을 감은 뱀이 꿈틀대며 여러 빛깔로
화했네
왜낫을 든 한쪽 손이 슥 뱀 모가지를 그었네
남자의 또 다른 한쪽 손이 주욱 뱀 가죽을 벗겨냈네
희고 붉은 피 칠갑된 몸뚱이가 남자의 팔뚝에 붉게
핏자국을 냈네

여보, 제발 그것만은
미간이 좁고 뚱뚱한 여자가 진저리를 쳤네
아랑곳없이 사내는 댓병 소주를 나발 불며
질근질근 그걸 씹기 시작했네
붉은 것이 꿈틀대며 사내의 입술에 핏자국을 냈네

여보, 제발 그만

사내가 여자를 질질 끌고 방으로 들어갔네
조금 있다 나온 사내가 다시 소주를 들어부으며 남
은 붉은 것을 씹고 있었네
잘라낸 뱀 대가리가 눈을 뜨고 샘 바닥에서 모든
것을 보고 있었네
뱀딸기가 뭉크러지는 줄도 모르고 그것을 보고 있
었네
마지막 남은 꼬리가 파르르 떨며 입 속으로 사라질
때까지

마루에 큰대자로 뻗은 사내가 드르렁드르렁 코를
골고
부엌에서 나온 여자가 코피를 닦으며
물기 어린 눈으로 나를 보았네
어디 가서도 말하지 마라
어디 가서도 제발

뒤도 돌아보지 않고 뱀딸기도 내던지고 달아났네
여자의 말이 혀가 두 갈래로 갈라진 채 쫓아왔네
미끄덩한 피 칠갑 된 붉은 길이 꿈틀대고 있었네
선득한 날이 잘 선 왜낫 같은 낮달이 뜬 날이었네

꼬챙이같이 마른 사내가 물도 못 삼키고 앓다 죽었
다는 소리를 들었네
여자는 안개 낀 새벽에 머윗잎 디디며 어디어디로
떠났다네
뱀딸기가 그 집 마당까지 들어가 열렸다네

지극

1
옻오른 데는 개가 상극이라고
회灰 푸대 종이에 싼 붉은 것을 끌러
처덕처덕 얼굴이며 등허리 무른 살까지
진물 나고 곪은 데에 피를 바르다가
패앵 코 풀어서 쓰윽 쓱 기둥에 문대고는
슬리퍼 끌고 정지로 가 솥에 물 붓는 소리
똑똑 나뭇가지 꺾어 불 넣는 소리

2
퉁퉁 부어 눈도 못 뜨는 걸 혼차 두구
지미 지 애비라는 것이 아가 이 지경인디
그까잇 일이 중햐 그래
아 쥑이것네 응
얼매나 아프구 근지러우까
어야 이것 줌 먹어봐라
이 국물두 훌훌 불어가며 다 먹어야지
옻이 달아난단다
아이구 여기 따그랭이 올라앉는 것 줌 봐라

상극이라더니 그게 맞긴 맞는가베
벌써 부기가 빠지구 진물이 멎었잖아

3
그것이 뒈졌디야
짚가리 속에서 자다가 얼어서
소여물 한다고 짚단 신다가 얼마나 놀랬다던지
왜 그랬는지 그것이 너한테만은
그 모자란 것이 쟈한테만은 그래두
입에 든 거까지 내어 먹일라고 했다니께
매 맞고 쫓겨날 적에
너만 한 아가 있었다구 했어
똑 너만 한 아가 있었다구

3부

부추꽃

물어물어 찾아갔더니
부추꽃만 하얗게 피었습니다

거기 그런 사람이 살았다고
살았었다고

뜨물 빛 부추꽃이 고샅까지
마중 나와 피었습니다

사랑

여울에 아롱 젖은 이즈러진 조각달
강물도 출렁출렁 목이 맵니다

노래 듣다 울컥하여
스윽 닦는다

모퉁이를 오려낸다
이내 다시 배어나는 달

힘주어 닦아도 희미해지다
다시 묻어나는 달

돌멩이 던져 흩어버려도
다시 둥글게 모이는 달

평생

    물려받은 전답 없으니 올뱅이 잡아다 팔아 아들딸
네 다 여의었다
    오백거리 여울에 올뱅이로 들러붙었던 한평생이다
    꼿꼿했을 때야 밤을 새워 잡아도
    새벽밥 해 먹고 나가 팔았지만
    지금은 병원 침대에 속 다 긁어내고 누웠다

    통근차 타고 나가 올뱅이 팔고
    동차 타고 들어와 올뱅이 잡았다
    세상없는 걸 가져다 줘도 속에서 받질 않아 다 게워
내고
    주사 바늘로만 연명한다

    큰아야
    병원비 아깝게 왜 여기 이러고 있냐
    갑갑해서 죽겠다고
    집에 가 밥 먹자더니
    밥 한 술 못 먹고

빈 껍질만 남아

둥둥 아래로 떠내려간 평생이다

백미러

자석은 다 지 부모 뱃지름 내 먹구 산다구 안 햐
이게 다 니미 니 애비 뱃지름이여

들기름 한 병 받아 차에 싣고 나오는 길
고소한 내 진동하는 차 안엔
우중에 노박이로 비 맞으며
엎드려 들깨를 낸 느 어머이의 소금땀과
더위에 말라 죽지 않게 물 퍼나르던 느 아부지의 거
친 숨소리와
들깨 순 꺾는 관절염으로 돌아간 손가락과
들깨꽃 쏟아진 밭고랑에 엎드려 풀 잡던 호미질과
들꽤 비구 칠거지루 묶구 와서 죽은 디끼 둔녔었네
하는 혼잣소리와
들깻잎에 앉았던 방아깨비의 따다다닥 날아가는
소리들과
노느니 염불한다구
노나 먹는 재미루다 하는 겨 하는 소리들이
말갛게 고여 철럼하니 흔들리는 것이다

사 먹지 몇 푼이나 한다고
왜 자꾸 이런 걸 심어요
병원비가 더 나온다니께 하는 볼멘소리와
이젠 기름기 빠져나가 자꾸 쪼그라드는
어머이의 구부러진 허리와
그랴 그랴 조심해서 잘 가거라
지팡이 대신 짚고 나온 괭이자루 옆의
숭숭 구멍 뚫린 둥구나무도 백미러에 비치는 것이다

아직도 그대는 내 사랑

호랭이 배싹 물어갈 날이다
수채에 푹 처박아 한 석삼년 묵혔다가 꺼내
채칼로 착착 채쳐 참기름 떨어뜨려 무쳐도 못 먹을
날이다

뒈진다고 술 처먹고 기찻길에 드러누웠던 인사가
동네가 떠나가게 고래고래 소리 지르며 끌려왔더이
뒈지지도 않고 축사 한쪽 짚 더미에 코를 박고 한
밤중이다

아이구 웬수야, 그깟 년이 다 뭐라고
에미한테 이 짐성들하고 새끼들을 다 떠맡기고
허구한 날 이 지랄이냐
뒈지면 갖다 파묻기라도 하지
없으면 불쌍하다는 소리라도 듣지
무슨 지랄루 자꾸 살아나서 내 속을 끓이느냐

속에 천불이 나서
죽것는디 날은 또 왜 이 지랄인지
호박 넝쿨도 배배 말라 돌아가는 염천이다

챙이질하는 소릴 들어라

굉일이구 쉬는 날이라
대근해서 느지막이 일어나
입이 찢어지게 하품하고는 담배 하나 피워 물고
문종이 찢어진 데로 들어오는 햇빛에 먼지 날리는
거나 보다가
두엄 더미 앞에 나앉은 어머님이 챙이질하는 소리
를 들어라

탑세기는 탑세기대로 까불러 내보내고
알곡은 알곡대로 안쪽에 오르르 모아
광목 자루에 쏟아붓는 소릴 들어라
후후 불어 티검불도 날리다가
모여드는 닭들에게
훠어이 이누무 달구새끼덜
욕도 시원하게 내뱉으시고
사대육신 육천 마디가 다 움직여서
광목 자루 하나 가득한 들깨가 되었으니

남의 돈 먹기가 어디 쉬우냐

위디 가서두 남의 눈에 날 일 하지 말구
남 궂게 하믄 그대루 돌아오는 겨
챙이 같어야 하는 겨
탑세기는 걸러낼 줄두 알구
알곡은 속 깊이 지닐 줄두 알아야지

그래 그래
돌아가신 어머님이 두엄 밭 앞에 쪼그려 앉아
챙이질하는 소리를 들어라
수건 벗어 툭툭 털고 들어오시며
밥 먹구 자거라 하는 소릴 들어라

나싱개꽃

몸써리야 그까짓 게 뭐라구
그 지경이 되서두 꼭 움켜쥐구 있더랴
봉다리에 정구지 담다가 팩 씨러져서
아무리 흔들어두 안 일어나더랴

구급차 안에서두 꼭 쥐구 있더라구
병원 같이 따라갔던 국화가 얘기 안 햐
나물 장사 오십 년 장바닥에 기어 댕기며
맨날 벳기구 다듬는 게 일이라더이

이렇게 가구 나면 서방이 알아주나 새끼가 아나
도척이 같구 아귀 같다구 숭이나 보지
우리 거튼 장돌림들이나 그 속 알지 누가 알어

심천 할머니 가는 길에 돈 보태며
거기 가서는 언 밥 먹지 말고
뜨신 국밥이라두 사 먹어유

할머니 앉았던 자리 보도블럭 비집구

싸래기 같은 나싱개꽃 피는디
나물 장사 앉았던 자리 씨를 받아
드문드문 나싱개꽃은 피는디

지복至福

마을 밖을 모르고 평생을 살았다
여기서 나고 자라 한 동네로 시집간 평생이다
차멀미 때문에 바퀴 달린 건 아무것도 못 탄다
어지럼증이 나서 아들네 집에도 한번 못 갔단다
버스 관광 같은 건 꿈도 못 꾼다

학교 문턱도 못 가보고
입 하나 줄이자고 그나마 있는 깨끗한 입성에
고개 하나 넘어 있는 남의집살이로 보내지고
알음알음 소개로 시집이라고 왔단다
지지리도 없는 살림살이 날림살이지만
영감님이 끔찍이 위해줘서 힘든 줄도 몰랐단다

시어머니나 시아버지도 사람이 그지없어서
시집살이 고단함 같은 것도 몰랐단다
영감님 옆에 가묘도 해놓고
수의까지 장만해놨으니 걱정이 없단다
난 데서 죽기가 어디 쉬운가

우리 동네

탱자 가시로 살을 발라 먹고
이남박에 던진 올뱅이 껍질이 데구르르 구르다 멈춘
데 쯤
올뱅이 껍질 부딪히는 소리 모이는 데에
우리 동네는 있습니다

모든 어둠들도 올뱅이 껍질 속에 들어갈 만큼만 뭉
쳐져서
갯내를 풍기는 데에는 댑싸리 나울나울 일어나구요
댑싸리 밑에는 소복하니 올뱅이 껍질들이 모여 있고
댑싸리 이파리마다 반딧불은 붙어서 댑싸리를 초록
으로 불태우며
한 덩어리 불꽃을 일으키기도 하지요마는

올뱅이 껍질 속 같은 꼬부랑길을 걸어 밭에 가던 할
머니가
즘잖은 양반이 왜 여기서 이랴 하며
길 잘못 든 두꺼비를 물 쪽으로 타일러 돌려보내는
때

해바라기는 환하게 불을 켜며 길 밝히고요

올뱅이 껍질을 타고 내려가다 헛디뎌 미끄러진
제일 깊고 후미진 데에는
단단하니 영롱한 올뱅이 새끼들이 꼬물대고요
밝은 빛의 씨앗이 움트기도 할 것이지요

용암사 마애불

내가 설움 주믄 그 설움 고스란히 다 받을 양반이라
어디 가 말 한마디 못하구 눈만 끄먹끄먹할 이라
주믄 먹구 안 주믄 안 먹구
똑 짐성 한가지라
나 없으믄 그대루 굶어 죽을 양반이라
좋다는 자리 다 마다하구 아부지 모싯어
남덜이야 좀 모자란다구 손가락질 해대지만
우리 아부지 나 새각시 때
불 때기 좋으라구 가시 달린 낭구는 쇠죽 끓일 때 당
신이 때구
불 때기 좋은 거만 마치맞게 잘라서 들여주던 냥반
이여
고욤이며 고무딸기 익으믄 나 먼저 꺾어다 주던 이여
그런 냥반을 두구 차마 발걸음이 안 떨어져
몇 번이나 보따리 쌌다 다시 끌러놨어
워디 가서 말 한마디나 제대루 할 줄 아는 이여야지
싫은 내색 한 번이라두 비치믄 금세 눈치를 봐

이제 아부지 가시니 맥이 탁 풀려

그랴두 즈아버이며 시어머이 볼 낯은 섰어

까치밥

아무리 꼭대기 홍시가 맛있어 보여도
더는 그 위로 오르지 마라
그건 이제 사람의 것이 아니니
함부로 그걸 따겠다고 나무를 오르다가는
사람이 죽어 나간다

아무리 오래 묵었어도 감나무는
야물지 못해 사람을 잡는다
아름드리라도 감나무는 참나무와는 달라
나무가 약해서 뚝뚝 부러진다
무턱대고 그걸 따겠다고 올라가 장대를 뻗다가
떨어져 죽는 사람 여럿 봤다

높이 달린 것이 붉고 잘 익어
맛있어 보이는 법이지
손에 넣을 수 없던 것들은
늘 꼭대기 홍시처럼 영롱하고 달콤해 보이는 법이니

비 들어오신다

며칠 앓다 일어나 앉아
입 안이 모래 한 움큼 삼킨 듯 깔깔할 때
낮인지 밤인지 분간도 못하고
몽롱해 있을 때
비 들어오신다

몸도 마음도 잃고
희디흰 곳이거나 검디검은 곳을 다니다 왔을 때
비 들어오신다
앞산 보얗게 더퉈 내려와
휘적휘적 물 가둔 논물에 둥근 발자국을 내며
마당에 번번하게
비 들어오신다

풀썩 먼지 나는 마당을 지나와
처마에 그렁그렁한 눈으로 맺혀 들여다보신다
어디가 얼마나 아프냐고

아파도 꼭꼭 밥은 챙겨 먹으라고
흥건하게 지나가신다

소 꿈

소가 나를 찾아온 밤엔
마음이 들썩여 잠을 잘 수가 없네
뿔에 칡꽃이며 참나리 원추리까지 꽂은 소가
나를 찾아온 밤엔
자귀나무처럼 이파리 오므리고
호박꽃처럼 문 닫고 잘 수가 없네

아이구 그래도 제집이라고 찾아왔구나
엄마는 부엌에서 나와 소를 어루만지고
아버지는 말없이 싸리비로 소 잔등을 쓰다듬다가
콩깍지며 등겨 듬뿍 넣고 쇠죽을 끓이시지

소가 우리 집을 찾아온 밤에는
밤새 외양간에 불이 켜지고
마당도 대낮같이 환하게 밝혀지고
그래도 제집이라고 왔는데 하룻밤 재워 보내야 한
다고
얼렁 그 집에 소 여기 왔다고 소리 하라고 기별 보
내고

웃말 점보네 집에 판 소가 제집 찾아온 밤엔
죽은 어머니 아버지까지 모시고
소가 나를 찾아온 밤엔
마음이 호랑나비 가득 얹은 산초나무같이
흔들려서 잘 수가 없네
잉어를 잡아다 넣어둔 항아리처럼
일렁거려 잘 수가 없네

4부

어슴푸레한 데

저 어슴푸레한 데는 뭐가 있느냐
무엇이 살고 있느냐
어둑시니 떼가 쪼그려 앉아 있느냐
분꽃이 피냐
도둑이 웅크리고 있느냐

밝지도 않고 그렇다고 어둡지도 않고
희부윰하니 들깨 같은 별 한 자루 쏟아진 데에
박각시가 사느냐
방상시가 사느냐
박각시 쫓아낸 호박벌이 있느냐
실꾸리 무릎에 끼고 앉아 감아 들이는 할머니가 사
느냐

오오, 우리들이 함께 무찔렀던 어슴푸레한 데
무엇이 있느냐
무엇이 쪼그려 앉아
흑백이 부동인 채
턱을 괴고 앉아 눈망울 디룩디룩 굴리며 여길 쳐다

보느냐
　　저 죽을 줄도 모르고 쪼그려 앉아
　　불칼을 등허리에 맞고 있느냐

고요하다

한 양푼 빽빽하게 쑨 풀이 끓어오르고 있다

덜 풀어진 밀가루를 으깨며 엄마는 포옥 한숨을 쉰다

풀비로 문을 쓸자 씀벅씀벅 울던 녹둣빛 여치들이 날아오른다

은하수가 방을 통과한다

물 흐르는 소리

노 젓는 소리

참방참방 물 건너는 소리

가죽나무 잎사귀마다 주르르 달빛이 흥건하다

할머니는 어떻게 저기로 갔을까

슥슥 풀비 문지르는 소리

문밖에 색색 별이 흐르고 귀퉁이가 닳은 달이 밀려온다

방 안 가득 문을 열고 들어온 달이 남실댄다

맹물을 숟가락에 떠 넣어 드린다

안 갈텨 안 갈텨

저 저 저이들이 누군데

자꾸 나더러 가자구 가자구……

성새미네가 왔네 자꾸 오라구 나오라구

한참 나이가 어려진 할머니가 몸을 일으켜 문을 연
다

고대 죽을 이가 어찌나 기운이 시던지……

나허구 느 아버이하구 느 작은아버이 서이 매달려
두 안 되더라니께

할머니가 참방참방 물을 건너 배에 올라탄다

손을 흔들며 어린 계집아이가 배를 타고 간다

할머니가 죽고 나서 비워둔 방엔

아직도 할머니 냄새가 난다

방은 고요하다

항아리 속 할머니

1
지푸라기 엮어 할머니는 불을 붙인다
한 손에 불 들고 여기저기 항아리 안을 비추던 할
머니
항아리 속으로 들어가신다
여기 누가 기시는가
여기 누가 기시는가
항아리 속에 들어앉는다

2
할머니 아픈 나를 업고 산을 넘고 있다
확확 열이 나는 나를 업고
용하다는 침쟁이 집을 찾아가는 중이다
승냥이 떼가 눈에 불을 켜고 으르렁대며 우리를 쫓
아오고 있다
불이 꺼지면 안 된다
불이 꺼지면 저것들이 달려들 거여
무서워 할머니
헉헉대며 혀를 빼문 승냥이들이

밤새 뒤를 쫓아오고

3
백동전만큼 달걀이 뜨면 간이 맞는 거여
둥둥 달이 뜬 항아리 속에
잘 띄운 메주를 소금물에 넣고
붉은 고추와 벌건 숯덩이를 집어넣는다
치이익 숯불이 꺼지는 소리
할머니 어여 나와 어여
된장에 할머니 뼈와 살이 녹아 들어간다

4
백회혈에 인중에 깊숙이 대침이 꽂힌다
지발 살려만 주소 지발 살려만 주소
할머니 마른 손 부비는 소리
승냥이 울음소리
멀리 내가 타고 갈 배가 왔다고
가자고 가자고
꽃들이 붉은 입을 벌린다

황천강 가까이 간 놈을 잡아 왔네
침쟁이 영감이 머리에 꽂혔던 대침 하나를 뽑아낸다
숨을 몰아쉬며 나는 눈을 뜬다

5
아가 어여 먹어라
배고프지 어여 어여 먹어라
할머니 몸이 곰삭아 들어간다
어여 먹어라 내 새끼야
어여 먹어라 내 새끼야
항아리 속에 잘 삭은 할머니가 떠오른다

밤나무 숲[*]

개암이며 밤이며
잔뜩 주워다놓고 기다리는데도
엄마는 안 오네

개울 건너 북쪽으로 세 고개 넘어 큰 바위 밑에서
만나기로 해놓고
엄마는 안 오시네

엄마가 좋아하는 산딸기랑 머루를
여름내 따와서 기다렸는데
엄마는 안 오시네

으름은 넝쿨로 산을 이루고
개암은 개암나무가 되었는데도
엄마는 안 오시네

내가 안고 죽은 밤도 싹이 터서
내 몸에 뿌리를 박고 아름드리 돋았는데
엄마는 아직도 아직도 안 오시네

* 서정오 「범아이」 변용.

아주까리 등불

이젠 그때의
아버지 나이가 되어서
논둑에 앉아서
궐련 말아 피던 그때의 아버지 나이가 되어서
슬픈 얘기도 눈물 바람 안 하고 할 즈음이 되어서
후우 한숨 몰아쉬던 그때의 아버지 속을
조금은 알게도 되어서
오디가 많이 달린 뽕나무 가지를
지게 작대기 뻗어 내 쪽으로 휘어주던
그때의 아버지 나이가 되어서
입가며 손에 묻은 먹빛 오딧물을
미지근한 논물에 닦아주던 아버지 나이가 되어서
마흔이 넘어서
씀바귀 맛을 알 즈음이 되어서
피리를 불어주마 우지 마라 아가야 하던
옛 노래의 맛도 알 즈음이 되어서
씀바귀의 그 쌉싸름한 맛을 알게도 되어서
산 너머 아주까리 등불을 따라
하는 데서 눈시울 누를 줄도 알아서

이상한 벌레

못자리 논물에 둥둥 떠다니다
아무것이나 닿으면 침으로 쏘아놓고
물 따라 떠내려가다가
물꼬에서 사냥한 것이 떠내려오길 기다린다는 벌레
가 있었습니다

구더기처럼 생긴 벌레였는데
끝에 뾰족하니 검은 침이 있는 벌레였습니다

이름은 잘 모르겠습니다
어른들이 뭐라고 일러주셨는데 생각나지 않습니다
종아리에 쏘여 벌겋게 부었던 것만 생각납니다
겨드랑이까지 가래톳이 서서 울었습니다
논둑에 나와서 진흙으로 문대며 울었던 것도 같습
니다

논에 파랗게 어린 모가 몇 번이나 서고
나락이 수십 번이나 거두어져 쌀이 되고
옆에 섰던 이들이 하나둘 떠내려갔습니다

언젠가 나도 스러져 떠내려갈 것이지만
떠내려가 그 이상한 벌레의 밥이 될 것을 생각하면
흠칫 겨드랑이가 저려오기도 하지만

이렇게 떠내려가지 않게 나락 포기 움켜쥐고
애벌 매고 두벌 매어 나락 거둬들이며
떠내려갈 때까지 새끼들 길러내겠습니다

둠벙의 사랑

하늘바라기 천수답 한 귀퉁이 둠벙은 있지요
갈대며 부들 껑충하니 세워두고
하얀 미나리꽃 알맞게 피워놓고
물매아미 한 대여섯 마리 띄운 채 둠벙은 있지요
논이야 묵어 산이 되었지만
거기 한 모퉁이 우리가 오래 전에 파둔 둠벙이 있지요
자잘한 물비늘 가득 헤살 지으며
인중이 긴 개아재비 같은 얼굴로
개구리밥 둥둥 띄운 채 둠벙은 있지요
미꾸라지가 물거품을 뿜어 올리면
간지러워 자지러지는 둠벙이 있지요
언제고 여기를 부쳐 먹을 사람이 오면
철철 넘치게 물을 대서 어린모들을 키우겠노라고
초승달 웃음 베어 문 채 둠벙은 있지요

숨바꼭질

꼭꼭 숨어라 머리카락 보일라

꼭꼭 숨어라 옷자락이 보일라

무궁화꽃이피었습니다 놀이처럼

백날이고 천날이고 그렇게 숨어봐라

땅 끝 하늘 끝까지라도 쫓아가서 널 찾아내고 말
거다

세상 돌멩이란 돌멩이 다 들춰내고

물속이란 물속 다 들여다보고

꽃이란 꽃 다 찾아가서 쥐어뜯으며 을러서

끝내 널 찾아내고 말 거다

나무란 나무 다 들춰내고

열매란 열매 다 따내 쪼개서

그 속에 숨은 널 찾아내고 말 거다

머리카락 자르고

옷자락 꼭꼭 여민대도

다른 무엇이 되어 산다 해도

기필코 내 너를 찾아내고 말 거다

사다리와 곡괭이 충실한 도끼까지 미리 준비해두
었으니

그래 나로부터 도망쳐서 끝끝내 숨어봐라
무엇이든 되어 숨어봐라
나 또한 무엇이든 되어
너를 찾아낼 테다
기어코 널 찾아내고 말 테다

우엉의 시

요즘이야 숫제
포클레인으로 땅을 파헤쳐 우엉을 캐내지만
예전에 제가 어릴 때
우엉 캔다고 놉을 얻을 땐
찬찬하니 요령 안 피우고 진득한 사람 아니면
놉을 안 얻었답니다

성질 급하고 대충 얼버무리기 좋아하는 사람 놉 얻
어놓으면
술이나 먹고 주정이나 부리다가
우엉 뽑는답시고 중간에 뚝뚝 부러뜨리기 십상이라
시장에 내다 팔지도 못하고
집에서 식구들이나 먹거나
동네 인심이나 쓰기 마련이라

아무리 모래땅에 심는다 해도
우엉은 우엉이라
뿌리가 얼마나 깊이 들어가는지
서너 자 깊이로 들어간 우엉을

여간내기 아니면 중간에 안 끊기게
캐내기가 쉽지 않은 까닭이지요
진득하니 꾀 안 피우고 찬찬한 사람 아니면
중간에 끊어지거나 부러뜨리기 일쑤인 까닭이지요

복사꽃

복사꽃 피었데
이제 그만 일어나

고양이 수염 같은 꽃술 긴 복사꽃이
주둥이 일긋일긋 앙알앙알 피었데

아이 참
이제 그만 일어나래두

한껏 꽃 피우고 놀러 왔다가
새침하게 삐쳐서 꽃잎 떨구고 돌아가잖아
복사꽃 깊은 화심
촉촉하니 물기 젖어 울고 있잖아
너 주려고 꽃가지 꺾다가 할퀴었잖아

이제 그만 일어나
꽃잎 주워다 꽃밥도 지어야 하고
울다 잠든 나도 달래줘야지
무성하게 이파리도 펼쳐야 하고
주렁주렁 복숭아도 매달아야지

잠자리의 잠자리

숫제 세상모르고 곯아떨어지셨다
누울 자리 보고 다리를 뻗으랬다고
저렇듯 뾰족한 잠자리에서의 잠이 편할까 싶은데
제집 안방인 듯 코도 골고
득득 등도 긁으시며 한밤중이시다

거꾸로 꽂힌 못 위의 잠자리
더구나 날카로울 대로 날카로워진 신경을 한
저런 뾰족한 것 위에 눕는다면
순식간에 살갗이 뚫리고 명줄이 끊어질 것인데

저이는 천하태평이시다
저렇듯 가비야운 몸이 아니라면
도저히 불가능할 잠자리의 잠자리
나같은 뚱뚱이는 맞창이 나거나 뱃구리가 터져 죽
을 일이다

햇빛 구경

진흙으로 빚은 개를 데리고
나는 진흙 소를 뜯기러 가요
환한 건지 어두운지도 모르는 길을 가요

내가 배고플까 봐
엄마는 작고 앙증맞은 그릇에 밥을 싸 주고 물을
싸 주고
예쁜 인형도 들려 주시며
그래 그래 착하지
잘 다녀오너라
이담에 이다음에까지 잘 다녀오너라

소는 나를 데리고 어디어디로 가요
개는 뒤를 따르며 컹컹 짖어대요
오오, 나는 쇠풀 뜯기러 온 게 아니었군요
길섶에 어두운 꽃 어둔 나무
어두운 땅
그래 그래요
그랬던 거군요

시래깃국

펄펄 살아서 산을 옮기겠다던
기상도 시들고
마구 가시 세우고 우거져
아무나 다가오면 찌르겠다던
모난 마음도 무디어져서 풀이 죽었다면
싸락싸락 싸락눈 치는 저녁에 시래깃국을 먹어라
마른 멸치 몇 개 넣어 우린 국물에
된장 풀어 시래기를 넣고
부엌까지 들이치는 눈발이
국솥에도 몇 점 녹아드는 거 보며
혼자 시래깃국을 먹어라
외양간에 매인 늙은 당나귀에게도
시래기 넣어 쑨 여물을 주고
윗목에 벗어둔 옷도 차곡차곡 개어 서랍에 넣고
깊숙하니 넣어둔 돈도
차곡차곡 셈해두고
눈보라 치는 날 다니러 오는
날개 치는 소리도 없는 부엉이 같은
어스름을 맞아라

나 잘 있어

이 강에 다리가 놓이기 전에
이편에서 사공 사공 하고 부르면
나룻배를 저어와 강을 건네주던 말수 적은 사공과
저편에서 밧줄 넘겨받던 사공의 아내와 어린 딸
얼굴이며 옷이며 강물 위에 어룽대던 물빛들아

강 다 건너 엄마 손을 잡고
황톳길 걸어 집으로 가다 돌아보면
깔깔대며 뛰던 피라미 떼
피라미 떼가 흩어놓던 금빛들아
억새꽃 위에 얹히던 은빛들아

강물 위를 떠돌던 푸르던 빛들아
사공이 딸내미를 무동 태우고
그 뒤에 배부른 사공의 아내가 따라갈 때
그 뒤를 따르던 일렁이는 빛들아

어른들이 돌아왔다

어른들이 돌아왔어요
소를 몰고 후치 짊어진 아버지와
소쿠리 그득 나물 이고 엄마가 왔어요
소는 외양간에 매고 후치는 헛간에 두고
소쿠리에 든 것을 부엌으로 가져가 엄마는 저녁을
안쳐요

어른들이 돌아왔어요
우리가 이 방에 숨어 있는 줄도 모르고
이제 우리는 우리가 쏟은 들깨 같은 말들을 위해
개미들을 풀어놓고
엉클어진 옷가지와 이불을 차곡차곡 개어놓아야
해요
방에 들여놓았던 개와 시렁에 앉은 닭은 제자리에
돌려놓고
어서 저녁 먹으라는 소리가 들릴 때까지
달의 한숨과
부리에 서리 묻은 까마귀와
우리에게 자꾸 죽었다고 말하던 아이도 집에 돌려

보내야 해요

　어른들이 돌아와서
　샘에서 낯을 씻고
　수건 툭툭 털며 방 안으로 들어오려 하고 있어요
　어른들이 돌아왔어요
　이제 이 집에서 나가야 해요

들고 남에 관하여

안서현(문학평론가)

1. 들여다봄과 내다봄의 시

송진권 시인의 시 속에는 꼭 할머니의 그것과도 같은 부드러운 시선이 있다. 그 시선이 자꾸만 대상의 안쪽으로 향하는 것을 '들여다본다'고 한다. 아궁이 안에 불씨가 살아 있는지, 외양간 안의 소는 여물이나 잘 먹고 있는지 안쪽을 살피는 시선이다. 한편 끊임없이 바깥으로 시선이 향하는 것을 '내다본다'고 한다. 길가에 이웃이 지나가지 않는지, 문밖에 내다 판 소가 제집을 찾아와 있지 않은지 바깥을 탐문하는 시선이다. 그저 바라보는 눈길만은 아니다. 그 안에 담긴 곡진한 마음이 있다. 마치 별고 없는지 '문안'을 하는 마음이나 먼 길을 잘 왔는지 '마중'을 하는 마음과도 같다. 이와 같은 정감 어린 눈길, 아니 마음들은 문지방을 가뿐히 '들고 나며' 안팎에 고루 미친다.

이번 시집 가운데 「들여다보니」와 같은 시에 그

러한 마음이 오롯하다. 온갖 것이 고여 있는 웅덩이나 한 귀퉁이가 접혀 있는 주름 속을 '들여다보기' 전에 우리는 아직 세계를 '안다'고 할 수 없다. '안다'는 것은 관심과 애정을 가지고 샅샅이 '들여다보는' 일에 뒤따르는 것이다. "외양간 들여다보니 송아지가 주무시고/ 아궁이 들여다보니 강아지 떼 오글오글 주무시고/ 돌 밑엔 쥐며느리 지네 달팽이 주무시고/ 두엄 속엔 굼벵이 말갛게 주무시고/ (중략) 물속을 들여다보니/ 물뱀이며 이무기 떼 얼크러설크러져 주무시고/ 고추 속 들여다보니 고추벌레/ 들깨밭 들여다보니/ 엄지손가락만 한 깨벌레/ 꽃눈을 들여다보니/ 꽃망울과 열매와 잎사귀와 씨앗들이/ 뒤섞인 채 웅크려 옹기종기 주무시고 (후략)". 제법 큰 길짐승은 물론 잘 보이지 않는 미물들에게까지 두루 미치는 살뜰한 '살림'과 '살핌'의 시선이 바로 '들여다보는' 눈길의 정체다. 꽃눈 안에 숨어 있는 아직 여물지 않은 꽃망울, 그 소우주까지도 찬찬히 눈여겨보는, 세계와 그 안에 품어져 있는 삶들에 대한 호기심과 사랑이 그 눈길 안에 '얼크러설크러져' 있는 듯하다.

이번에는 백석의 시심詩心과 목소리가 다시 현신한 것과 같은 「아궁이 들여다보기」를 읽어보자. 무

사히 잘 있는지 '들여다보는' 마음들, 안을 채울 수
있도록 무엇을 쉴 새 없이 '들여주는' 마음들이 있
다. "며느리 불 때기 좋으라고 가시 달린 나무는 빼
고/ 맞춤한 크기로 나무를 잘라 들여주던 마음"과
"송아지 춥지 말라고 아궁이 앞에 들여주던 마음"
들이다. 시인은 이러한 "훈김 나는 마음들"을 마치
아궁이 속에 남아 있는 온기처럼, 아직 건재하는
오랜 배려와 채움의 삶의 방식으로써 발견하고 있
다.

> 아직 온기가 남은 아궁이 속에는
> 꺼지지 않은 불씨들이 초롱하니 눈을 뜨는 것
> 이다
> 재를 헤치면 잘 익은 고구마나 감자가
> 데굴데굴 굴러 나오기도 하는 것이다
> 며느리 불 때기 좋으라고 가시 달린 나무는 빼고
> 맞춤한 크기로 나무를 잘라 들여주던 마음이
> 사는 것이다
> (중략)
> 등에 업은 어린것에게 아궁이를 헤집어
> 호호 불어가며 먹이던 고구마 같은
> 훈김 나는 마음들이 사는 것이다

펀지기 구정물에 비치는 겨울 별자리처럼
어룽어룽 사는 것이다

―「아궁이 들여다보기」 부분

　이 마음의 정체는 「비 들어오신다」에 더욱 선명
하게 포착되어 있다. 가령 처마를 적시며 내리는 비
를 두고 시인은, 마치 비가 집 안을 들여다보며 앓
고 있는 '나'를 염려해주는 것처럼 그리고 있다.

풀썩 먼지 나는 마당을 지나와
처마에 그렁그렁한 눈으로 맺혀 들여다보신다
어디가 얼마나 아프냐고

아파도 꼭꼭 밥은 챙겨 먹으라고
흥건하게 지나가신다

―「비 들어오신다」 부분

　이렇게 그냥 지나치지 못하고 '들여다보는' 눈길,
그것은 저 옛날 마을 공동체의 삶 속에 일상으로
스며들어 있던 그런 눈길이다. 서로에 대한 무관심

이 익숙하고 또 서로 간에 적정 거리를 지키는 것을 존중의 방식으로 여기기도 하는 현대의 도시적 삶 속에서는 찾아보기 어려운 관심의 심도이다. 이러한, 소위 '쿨cool한' 관계에 익숙해진 도시인들에게라면 송진권 시인의 시는 삶의 감각에 대한 갱신을 선물할 것이다. 서로 일정한 거리를 유지하는 것이 아니라 한 발 더 가까이 나가거나 들어가서 바라보는 거리의 감각, 대상의 표면에 머무는 것이 아니라 그 안쪽에까지 눈길을 주며 따듯하게 적시고 흥건하게 채워주는 그런 시선의 감각을 새삼 경험하게 할 것이다.

한편 '들여다보기'와 다른 방향에서 작동하는 시선이 바로 '내다보기'이다. 바깥을 '내다보는' 것역시, 부러 안쪽을 '들여다보는' 것만큼이나 적극적인 바라봄의 행위이다. 「느티나무슈퍼」 같은 시에서는 어떤가. '나'의 방문에 할머니는 기꺼이 바깥을 '내다보는' 것으로 응답한다. "달팽이자물쇠를 풀고 드르륵 미닫이문을 열"고 슈퍼의 "말매미만큼 늙은 할머니"는 나오는 것이다. 그리고 문간에 찾아온 손들에게 눈길을 보내는 것이다. "기다랗게 거미줄을 늘여 타고 내려온 거미"와 "유리문을 시끄럽게 두들기는 사슴벌레"와 "자기만 안 사줬다고 삐친 까치"를, 그리고 "담배를 하나 사"겠다는 '나'를 두루 챙기는 것이다. 할머니가 담배를 '내어줌'으로써 물건을 사고판다는 서로의 간단한 용건이 끝난 후에도, 모처럼 맞은 손님과 주인이 평상에서 나누는 이야기는 좀처럼 그치지 않는다. 이 동네에서 '나고' 다른 곳으로 나가 사는 사람들의 이야기─'들고 나는' 삶의 이야기들─를 나누면서 서로의 안부를 확인하고 서로의 삶의 결을 이해하는 것이다.

느티나무 아래 평상에 기다란 그늘이 드리울 때까지
할머니랑 이야기를 하지요
느티나무가 이만큼 해묵을 때까지
이 동네에서 나고 자라 타지로 떠난 이들과
이 동네에서 나고 한 동네로 시집가 눌러사는 이들과
막걸리를 마시며 '겨'로 끝나는 할머니의 이야기를 듣지요

─「느티나무슈퍼」 부분

「백미러」속의 한 장면도 너무나 익숙하다. 집에 다녀가는 '나'를 어머니가 '배웅' 나온 장면일 터이다. 잘 가라고 '내다보면서', 작은 것 하나라도 '내어주는' 일 역시 빠뜨리지 않는다. "자석은 다 지 부모 뼛지름 내 먹구 산"다는 말을 연상시키는 들기름 한 통을 받아 나오며 들깨 농사 그만두라고 '볼멘소리'를 하는 자식의 모습도 마치 어디서 본 것처럼 눈에 익었다.

> 사 먹지 몇 푼이나 한다고
> 왜 자꾸 이런 걸 심어요
> 병원비가 더 나온다니께 하는 볼멘소리와
> 이젠 기름기 빠져나가 자꾸 쪼그라드는
> 어머니의 구부러진 허리와
> 그랴 그랴 조심해서 잘 가거라
> 지팡이 대신 짚고 나온 괭이자루 옆의
> 숭숭 구멍 뚫린 둥구나무도 백미러에 비치는
> 것이다

- 「백미러」 부분

차를 전송하는 어머니에게서, 가는 사람을 따라 바깥으로 나가보는 마음, '내다보는' 마음을 느낀다. 그리고 '나'의 '볼멘소리'에도 그저 "그랴 그랴 조심해서 잘 가거라" 하고 응답하는 어머니에게서 '내어주는' 마음, 그리고 자식의 심정마저 살펴주는 마음을 느낀다. 상대방을 향한 무한한 '이끌림'과 '살핌'의 마음, 그것이 부모의 마음일 것이다. 그 마음이 백미러에 그대로 비치어 되쏘아지는 듯하다.

한편 시인의 몇몇 시편들 속에서 이와 같은 '들여다보는' 마음과 '내다보는' 마음은 서로 화해롭게 만나기도 한다. 가령 「살구가 익는 동안」과 같은 시에서 그러하다.

> 살구를 소쿠리에 담아 샘에서 씻은 유모차가
> 천천히 마당을 지나 툇마루에 앉습니다
> 깡마른 두 발이 문턱을 먼저 넘어오고
> 이어서 무릎걸음으로 퀭한 얼굴이 밖으로 나옵니다
> 좀 잡숴봐, 이래 빼두 달아

-「살구가 익는 동안」 부분

'들여다보고' '내다보는' 눈길이 부딪친다. 살구라도 좀 먹어보라고 일부러 '들여다보러' 온 손님의 인심과, 불편한 몸을 이끌고서도 손님이 왔나 '내다보러' 나오는 주인의 마음이 안팎에서 '들고 나서' 서로 만난다. 송진권 시인의 '들고 남의 시'는 이러한 오래되고도 새로운 삶의 방식, 오래되어 새로운 공존의 감각을 우리로 하여금 회복하게 한다.

2. 숨음과 찾음의 시

한편 이렇게 '들여다보고' '내다보는' 눈길은 끊임없이 주변을 탐색하는 시선과 한가지다. 그러고 보면 시를 쓰는 일 역시 그러한 눈길과 마음에서 비롯되는 것 같다. 가령 「물 가둔 논」을 보면 개구리들을 '들여다보고' 있는 시인의 모습이 떠올라 오는 듯하다.

> 싸리 꽃잎 날려
> 물 가둔 논에 점점 내리는 밤입니다
> 밥풀처럼 싸리꽃 둥둥 뜬 밤입니다
> 대가리며 입술이며 포르족족한 뺨이며에

꽃잎 묻은 개구리들 와글와글대는 밤입니다

무엇이든 가둔다는 것은 얽매고 속박하는 일이
라 꺼려했지만
물 가둔 논 보니 알겠습니다
낮 동안 데워진 물이 미지근해져서
파르르르 꽃잎 흩은 물속에서
두 서너 놈이 서로 끌어안고
쫓아내고 쫓아가고
울음주머니 부풀리며
우리가 온밤 내 찾아 헤맨 곳이 여기였음을

－「물 가둔 논」 부분

대상의 안쪽을 재삼 살피고, 그 안에서 일어나
는 일들의 의미를 다시 발견하는 과정을 그대로 읽
을 수 있다. 여기서 우리는 시인의 시에 대한 전언,
혹은 일종의 시론을 발견할 수 있는데, 바로 안에
'숨어' 있는 것을 '찾는' 것이 시적 행위라는 사실
이다. 「숨바꼭질」을 보아도 이와 같은 시론이 선연
하다. '숨어 있는' 존재가 있고, 그것을 반드시 '찾
아내주고야 말겠다는' 다른 존재의 마음이 있다.

그 마음에 깊은 애정이 숨겨져 있음은 물론이다. "세상 돌멩이란 돌멩이 다 들춰내고/ 물속이란 물속 다 들여다보고/ 꽃이란 꽃 다 찾아가서 쥐어뜯으며 을러서/ 끝내 널 찾아내고 말 거다/ 나무란 나무 다 들춰내고/ 열매란 열매 다 따내 쪼개서/ 그 속에 숨은 널 찾아내고 말 거다/ 머리카락 자르고/ 옷자락 꼭꼭 여민대도/ 다른 무엇이 되어 산다 해도/ 기필코 내 너를 찾아내고 말 거다/ (중략) 무엇이든 되어 숨어봐라/ 나 또한 무엇이든 되어/ 너를 찾아낼 테다/ 기어코 널 찾아내고 말 테다". 이것은 곧 시인의 마음과 다르지 않다.

또 시인의 연시 속에는 보리똥 가쟁이에라도 '숨겨' 건네는 마음이 있고, 그것을 '찾아내는' 헤아림이 있다. 꿈속으로 "걸어 들어" 온 한 사람이 "보리똥 달린 나뭇가지"를 "가쟁이째 꺾어 왔다"고 말하는 것을 듣고, '나'는 그이가 "제 것은 하나도 안 남기고" "송두리째 모두 내줄 것 같"다고, 저에게 "제 속의 가장 고갱이 같은 마음"을 준 것 같다고 느낀다(「가쟁이째」). 또 시인은 먹고 던진 "올뱅이 껍질" 안에서 숨겨진 생명력을 발견하기도 한다. "올뱅이 껍질을 타고 내려가다 헛디뎌 미끄러진/ 제일 깊고 후미진 데에는/ 단단하니 영롱한 올뱅이 새끼

들이 꼬물대고요/ 밝은 빛의 씨앗이 움트기도 할
것이지요"(「우리 동네」). 이렇듯 사랑, 그리고 새로
운 생명은 본래 '숨음'과 '찾음'의 구조를 갖고 있는
지도 모른다. 감추는 듯 드러내는 애정 속에서, 그
리고 뭇짐승들의 눈에 띄지 않게 꼬물거리며 살아
나기를 도모하는 작은 생명 속에서, 시의 그것과
꼭 같은 '숨음'과 '찾음'의 원리를 본다.

　시인의 '찾아내는' 것 가운데 가장 중요한 것이
바로 이러한 사랑과 생명의 '연속성'의 원리다. 올
뱅이 껍질 안에 '우리 동네'가 다 들어 있듯이, '찬
물구덩이' 안에 가족이 다 들어 있다(「찬물구덩이
의 물」). 작은 것 안에 가족과 이웃의 '내력', 즉 지
나온 삶의 곡절이나, '내림', 부모나 조상으로부터
이어져 오는 어떤 것이 숨겨져 있음을 시인은 발견
해낸다. 온 동네, 그리고 온 조상의 이야기를 간직
하고 있는 물을 다시 마시는 행위를 통해 이러한
삶의 '내력'과 '내림', 그 연속성을 '나'의 안에 되살
려낼 수 있는 것이다. 이것이 바로 궁극적인 '숨음'
과 '찾음'일 것이다.

　　　주런이 누운 그이들이며 우리 어머니 아부지
　　　묻힌 오박골 밭 감나무는 할아버지 발톱 돌에 짓

쩛어 시커멓게 빠져가며 일군 비탈에 심으신 것
이고 학교 끝나면 찬물구뎅이 물 받아가지구 소
뜯기러 와라 하면 떽 감다가두 혼날성 싶어 막걸
리통 부신 데다 물 뜨다가 굼실굼실 서린 능구리
에 놀라 기겁을 하던 찬물구덩이의 물은 겨울에
는 따뜻하고 여름엔 시원하대서 더러 물 받으러
오던 이들도 있던 것인데 우리 큰아버지와 큰어
머니들 우리 어머니와 아버지의 뼈 삭은 물에 우
리 밭의 감나무 뿌리며 깨금나무 소나무 상수리
나무 뿌리를 다 쓸고 더러 도라지며 더덕의 뿌리
를 지나기도 해서 약 기운도 있다던 것인데 내가
머윗잎 접어 물 떠 마시면 우리 할머니고 할아버
지고 어머니 아버지 큰아버지 큰어머니들도 다
내 속에 살아나면서 뭔 지랄을 하느라구 해찰하
다 인제사 오느냐고 하기도 하는 것이다

– 「찬물구덩이의 물」 부분

이러한 대대손손의 '내력'과 '내림'의 시들로 풍
요로운 시 세계를 이루었던 시인이 바로 백석이다.
송진권 시인은 이 시집 속 「외갓집」을 비롯한 여러
편의 시에서 백석 시인의 목소리를 빌려오고 있다.

「외갓집」에서, 외할머니가 돌아가셔서 모두가 외갓집에 가고 텅 빈 집에 남은 '나'는 "마루 밑이며 처마 그늘 가죽나무 그림자며 아궁이 속 헛간 속이며 뒷간에까지 숨어 살던 귀신들"이 밤새 걸어 다니는 것을 느낀다. 겁에 질린 나는 외할머니와 외숙모와 외사촌들을 생각하며 밤을 지새우는 것이다. 삶의 안팎과 위아래가 서로 연결되어 있다는 감각, 집안의 오랜 '내력'과 '내림'의 감각이 그렇게 불려 나온다.

시인의 시에서는 그렇게 '숨어 있는' 행간의 사연들을 '찾아내는' 것이 곧 시를 읽는 이의 몫이 된다. 「쌀 한 말」에는 보릿고개에 어린애와 함께 굶고 누워 있는 수양 고모에게 쌀 한 말 이고 '들여다보러' 와주었던, 그리고 흰쌀밥에 미역국을 '들여주었던' 어머니의 이야기가 숨어 있고, 「부들부들」을 읽으면 한 여인의 떨리는 손에 어린 딸을 잃었던 서러운 사연이 숨어 있음을 발견하게 되며, 「용암사 마애불」을 읽으면 부처와도 같은 해탈한 듯한 어머니의 미소에도 지아비가 돌아가고 나서 아부지를 모시며 살아온 이야기가 찾아내진다. 시 속에 '숨은' 것이 가족과 이웃의 삶의 곡절이라면, 그것을 '찾아내는' 것이 바로 시인과 독자의 눈길이고 또

마음이다. 시인은 이와 같은 또 다른 '들고 남'의 이
치를 시 속에서 구현해내고 있는 셈이다.

3. 들고 남의 시

이렇게 송진권 시인의 시를 두 가지의 '들고 남'
을 통하여 설명하였다. 그런데 공교롭게도 이 시집
의 수록 시들 가운데 첫 번째 시와 마지막 시, 시인
의 '소' 시편들 역시 바로 '들고 남'에 관한 이야기
다. 이것은 보다 근원적인 '들고 남'의 원리에 가 닿
아 있는 이야기인 듯하다. 먼저 첫 시「소의 배 속
에서」는 소 안에 '들어가' 있다가 다시 밖으로 '나
오는' 이야기다. 어린 삼 남매는 소의 배 속에 자리
를 잡고 '들어앉아' 있다가 송아지만큼 크면 하나
둘씩 바깥으로 '나온다.' 자식 세대의 성장을 마치
소의 배 속에 부모만 남겨두고 세상 밖으로 '나오
는' 것으로 표현하였다. 한편 마지막 수록 시인「어
른들이 돌아왔다」에서는, 한세상을 살고 난 자식
들이 이미 돌아가신 부모님과 자리를 바꾼다. "소
를 몰고" 부모님이 돌아오셨으니 "소는 외양간에
매고" "엉클어진 옷가지와 이불을 차곡차곡 개어

놓"고 방을 내어드린다는 이야기다. 삶과 죽음이 자
리를 바꾸는 장면이다.

　　어느 날인가
　　나는 나만큼 둥근 방에 엎드린 한 마리 송아
　지를 보았습니다.
　　송아지를 친구 삼아 살았습니다
　　송아지는 내 방까지 다리를 뻗으며 꼬리를 휘
　휘 둘렀습니다
　　너무 비좁다고 했습니다
　　여기가 좁아진 게 아니라 네가 큰 거야
　　송아지를 따라 밖으로 나왔습니다
　　엄마 아부지는 소의 배 속에 두고 나왔습니다

　　　　　　　　　　　　　-「소의 배 속에서」 부분

　　현세에서의 중생의 삶을 상징할 수 있는 것이 바
로 '소'다. 소를 두고 영물이라고 이야기하거나, 인간
과 더불어 살아가는 존재, 즉 가족이나 둘도 없는
친구로 표현하는 것은 농경 문화에 뿌리를 둔 우리
전통에서는 낯설지 않은 발상이다. 그런데 송진권
시인의 시에는 소와 '함께' 살아간다는 상상력을 뛰

어넘는, 자신의 삶과 죽음을 소의 안에 '들어가서' 살다가 소의 바깥으로 '나오는' 것으로 상상하는 사람들의 이야기가 나오고 있다. 그것은 끊임없이 고된 노동을 감내하며 살아가는 소가 삶의 '내력'의 상징이 되었기 때문이며, 마지막까지 자신의 모든 것을 내어주는 소가 마치 부모와도 같은 존재로서 부모 자식 간의 '내림'을 상징하기 때문이다. 그리하여 시인에게 소는 삶과 죽음 그 자체, 혹은 삶과 죽음의 원리의 표상이 된다.

이와 관련하여 「소 꿈」이라는 수록 시를 더 읽어 볼 수 있다. 예로부터 소가 집에서 나가는 꿈은 집에 어른이 돌아가시거나 궂은일을 치르는 꿈이라고 했고, 소가 집으로 들어오는 꿈은 자식이 생기거나 조상이 복을 내려주는 꿈이라고 했다. 소를 조상이나 후손과 연결 짓는 관념이 있었던 것이다. 삶이 과거와 미래로 무한히 이어져 있다는 거대한 삶의 연속성을 상상하게 하는 매개가 바로 소였던 것이다. 그래서 소를 매개로 하여 삶에의 '들고 남', 즉 삶과 죽음에 대한 순명을 생각했던 것이다.

아이구 그래도 제집이라고 찾아왔구나
엄마는 부엌에서 나와 소를 어루만지고

아버지는 말없이 싸리비로 소 잔등을 쓰다듬
다가
콩깍지며 등겨 듬뿍 넣고 쇠죽을 끓이시지

(중략)

웃말 점보네 집에 판 소가 제집 찾아온 밤엔
죽은 어머니 아버지까지 모시고
소가 나를 찾아온 밤엔
마음이 호랑나비 가득 앉은 산초나무같이
흔들려서 잘 수가 없네
잉어를 잡아다 넣어둔 항아리처럼
일렁거려 잘 수가 없네

-「소 꿈」부분

이와 같이 '내보냈던' 소를 다시 '들여서' 하룻
밤 재우며 정성껏 돌보는 행위는 가장 근원적인 의
미에서의 '들고 남', 즉 삶과 죽음에 대한 상상과 이
해를 가능하게 한다. '나'가 "문 닫고 잘 수가 없는"
마음이 되는 것은 이와 같이 소를 '내보내고 들이
는' 일이 곧 삶과 죽음, 즉 이 세상으로(부터)의 '들

131

고 나는' 일과도 그 원리가 동일하기 때문이다. 이 소 꿈이 '돌아가신' 부모님이 '다시 살아오신' 꿈이기도 하기 때문이며, 이 꿈을 통해 살고 죽는 것이 곧 집에서 '나가고' 또 '들어오는' 것과도 같다는 심상한 진리가 선연해지기 때문이다.

「항아리 속 할머니」와 같은 시도 독자를 그러한 깨달음에 한 발짝 더 다가가게 한다. "여기 누가 기시는가" 하며 할머니는 항아리 속으로 '들어간다'. "아가 어여 먹어라/ 배고프지 어여 어여 먹어라/ 할머니 몸이 곰삭아 들어간다/어여 먹어라 내 새끼야/ 어여 먹어라 내 새끼야/ 항아리 속에 잘 삭은 할머니가 떠오른다". 죽음의 어둠 속으로 '들어간다는' 것은 곧 "잘 삭은" 자신의 몸을 자식들에게 '내어주는' 일과 같다. 또 「이상한 벌레」 같은 시를 보아도 벌레들의 세상에 '들고 나는' 삶의 비밀을 이해할 수 있게 된다.

> 언젠가 나도 스러져 떠내려갈 것이지만
> 떠내려가 그 이상한 벌레의 밥이 될 것을 생각
> 하면
> 흠칫 겨드랑이가 저려오기도 하지만

이렇게 떠내려가지 않게 나락 포기 움켜쥐고
애벌 매고 두벌 매어 나락 거둬들이며
떠내려갈 때까지 새끼들 길러내겠습니다

–「이상한 벌레」 부분

　할머니가 항아리 안으로 '들어가는' 것이 곧 자손들에게 자신을 '내어주는' 일인 것처럼, '나'의 몸이 바깥으로 '떠내려가는' 것은 곧 벌레를 먹여 살리는 밥이 되어 벌레의 안으로 '들어가는' 것과 마찬가지다. 이것이 죽음이다. 곧 죽음이란 또 한 차례의 '들고 남' 혹은 '나고 듦'에 다름 아니다. '나'가 끊임없이 나락을 거둬 '들이고' 새끼를 길러 '내는' 일이 곧 삶인 것처럼 말이다. 결국 송진권 시인이 들려주고자 하는 것은 '들고 남'과 같은 삶과 죽음, 그리고 그 끊임없는 자리바꿈에 관한 비밀 이야기이다. 저 들숨과 날숨의 교차와도 같은 목숨의 근원에 시인의 이야기는 가 닿아 있는 것이다. 모든 목숨 지닌 것들의 일은 곧 제 몸에 '드나드는' 일이며, 또 세상에 '들고 나는' 일과도 같다는 깨우침이다.
　이렇게 송진권 시인의 두 번째 시집은 '들고 남'

이라는 마음의 연유(들여다보기와 내다보기), 그리고 '들고 남'이라는 시작詩作의 원리(숨기와 찾기), '들고 남'의 세상의 이치(삶을 이해하기와 죽음을 깨닫기)를 보여주고 있다. '들고 남'의 관계론, 시론, 그리고 존재론이 이 시집 안에 각각 펼쳐져 있는 것이다. 그 안에는 오래된 미래에서 얻은 공존과 순환의 철학이 숨 쉬고 있다. 그리하여 이 시집 읽기는 독자로 하여금 어떤 잊혔던 균형 감각을 되찾게 한다. 이 시집을 읽는 독자의 좁은 방의 바람벽에는 어느새 "백석 풍으로" 이러한 글자가 지나간다. "하늘이 이 세상을 내일 적에 그가 가장 귀해하고 사랑하는 것은 모두 가난하고 외롭고 높고 쓸쓸하니 그리고 언제나 넘치는 사랑과 슬픔 속에 살도록 만드신 것이다"(백석, 「흰 바람벽이 있어」). 모두 서로 '드나들며' 또 '들고 나며' 살아가도록 만드신 것이다.

거기 그런 사람이 살았다고

2018년 7월 4일 1판 1쇄 펴냄
2019년 12월 10일 1판 4쇄 펴냄

2019년 12월 10일 개정판 1쇄 펴냄

지은이	송진권
펴낸이	김성규
책임편집	박다람쥐
디자인	김동선
펴낸곳	걷는사람
주소	서울 마포구 월드컵로16길 51 서교자이빌 304호
전화	02 323 2602
팩스	02 323 2603
등록	2016년 11월 18일 제25100-2016-000083호

ISBN 979-11-89128-58-6 04810

ISBN 979-11-89128-01-2 (세트)

* 이 책은 2013년 한국문화예술위원회 아르코문학창작기금을 받아 제작되었습니다.

* 이 책 내용의 전부 또는 일부를 재사용하려면 반드시 지은이와 출판사의 동의를 얻어야 합니다.

* 잘못된 책은 교환해 드립니다.

* 이 책의 국립중앙도서관 출판시도서목록(CIP)은 서지정보유통지원시스템 홈페이지(http://www.seoji.nl.go.kr)와 국가자료공동목록시스템(http://www.nl.go.kr/kolisnet)에서 이용할 수 있습니다. (CIP제어번호:2018020398)